LEKTÜRE
HILFE

Die Kameliendame

Alexandre Dumas
fils

Die Kameliendame

Alexandre Dumas fils

Verfasst von Noé Grenier
Übersetzt von Gerda Fischer

DER QUERLESER

Auf derQuerleser.de findest Du:
Zahlreiche verständliche und
detaillierte Lektürehilfen in
Nullkommanichts in digitaler
Version oder als Taschenbuch.

ALEXANDRE DUMAS SOHN

FRANZÖSISCHER SCHRIFTSTELLER

- **Geboren 1824 in Paris**
- **Gestorben 1895 in Marly-le-Roi**
- **Einige seiner Werke:**
  - *Die Clemenceau-Affäre, Memoiren des Angeklagten* (1866), Roman
  - *Der natürliche Sohn* (1858), Theaterstück
  - *Ein verlorener Vater* (1859), Theaterstück

Alexandre Dumas junior trägt denselben Namen wie sein Vater, der berühmte Autor der *Drei Musketiere*. Mit der *Kameliendame*, die 1848 erschien, zeichnete er sich als talentierter Schriftsteller aus und trat aus dem Schatten seines Vaters heraus. Zu seinen Lebzeiten wurde er hauptsächlich für seine Theaterwerke anerkannt, obwohl er auch zahlreiche Romane schrieb. Seine Werke zeichnen sich durch einen ausgefeilten Stil und geistreiche, ziselierte Sätze aus, die sich besonders gut für das Theater eignen. In der Literatur stand er dem Realismus sehr nahe. Sein Werk zeichnet sich durch seinen moralisierenden Charakter und die Kritik an seiner Zeit aus.

DIE KAMELIENDAME

DIE UNMÖGLICHE LIEBE EINER PARISER KURTISANE IM 19. JAHRHUNDERT

- **Genre:** Roman

- **Referenzausgabe:** *La Dame aux camélias* (*Die Kameliendame*), Paris, Le Livre de Poche, 1975, 285 S.

- **1. Auflage:** 1848

- **Themen:** Liebe, Realismus, Pariser Leben, 19. Jahrhundert, Kurtisanen, Eifersucht

Die Kameliendame wurde von Alexandre Dumas Sohn nach dem Tod seiner ehemaligen Geliebten und ersten Liebe Marie Duplessis geschrieben, einer prominenten Kurtisane im gesellschaftlichen Milieu von Paris Mitte des 19^e Jahrhunderts. Der Roman gilt als einer der Vorläufer des Realismus und wurde vom Autor selbst für das Theater adaptiert. Er ist zu einem Klassiker der Literatur geworden und wurde in zahlreichen Formen adaptiert (Oper, Film, Ballett). In dem Roman geht es um die Liebe zwischen Armand Duval, einem leidenschaftlichen jungen Mann, und Marguerite Duval, einer «femme entretenue». Ihre Beziehung wird durch Marguerites Vergangenheit beeinträchtigt, die sie immer wieder einholt, entweder durch Armands Eifersucht oder durch die Missbilligung von Armands Vater.

ZUSAMMENFASSUNG

ALEXANDRE DUMAS TRIFFT ARMAND DUVAL

Die Geschichte beginnt in Paris im Jahr 1847. In den ersten Kapiteln ist Alexandre Dumas jr. der Erzähler. Er erzählt, wie er vom Tod der berühmten Kurtisane Marguerite Gautier erfährt. Da diese Frau mit Schulden überhäuft gestorben ist, wird eine Versteigerung ihres persönlichen Besitzes organisiert. Der Erzähler begibt sich dorthin, um dem Ereignis beizuwohnen. Viele Damen aus «Tout-Paris», Adlige und angesehene Bürger, sind dort anwesend. Sie kommen aus Neugier, um einen Einblick in den skandalösen Lebensstil einer „ausgehaltenen" Frau zu erhalten, und in der Hoffnung, einen der vielen Luxusartikel zu ergattern, die Marguerite Gautier im Laufe ihres Lebens von ihren Liebhabern geschenkt bekommen hat. Alexandre Dumas kauft zu einem hohen Preis ein Buch, *Manon Lescaut*, in dem eine Notiz eines gewissen Armand Duval enthalten ist.

Später lernt Alexandre Dumas junior Armand Duval kennen, der bei ihm auftaucht, um das Buch zurückzukaufen, das er selbst der verstorbenen Marguerite Gautier geschenkt hatte. So freundeten sich die beiden jungen Männer an: Dumas erfuhr, dass Armand Duval einer der vielen Liebhaber von Marguerite Gautier gewesen war. Dieser scheint vom Tod seiner ehemaligen Geliebten besonders betroffen zu sein. Er erklärt Alexandre Dumas junior, dass er für sie eine lebenslange

Konzession auf dem Friedhof von Montmartre kaufen wolle. Tatsächlich ist dies die einzige Möglichkeit, die er gefunden hat, um die Leiche der jungen Frau zu sehen. Er war nämlich zum Zeitpunkt ihres Todes abwesend und muss ihren leblosen Körper sehen, um seine Trauer zu verarbeiten. Armand Duval gelingt es schließlich, einen Blick auf die bereits im Verwesungsprozess befindliche Leiche seiner ehemaligen Geliebten zu erhaschen. Durch den Schock wird er schwer krank und Alexandre Dumas fils wacht an seinem Bett. Da beginnt Armand Duval, ihm von seiner Liebe zu der Kurtisane Marguerite Gautier zu erzählen, die in Paris als die Kameliendame bekannt war.

ARMAND DUVAL TRIFFT MARGUERITE GAUTIER

Von diesem Moment an wird Armand Duval zum Erzähler der Geschichte. Das erste Mal begegnet er Marguerite Gautier bei einem Spaziergang an der Place de la Bourse. Er sieht sie in einen Laden und ist sofort von ihrer Anmut und ihrer großen Schönheit beeindruckt. Er traut sich nicht, sie anzusprechen. Einige Tage später, als er mit einem Freund die Opéra-Comique besuchte, sah Armand Duval Marguerite in einer Loge gegenüber von seiner eigenen. Er bittet seinen Freund, der die Kameliendame kennt, sie ihm vorzustellen. Diese erste Begegnung verläuft nicht nach Armands Geschmack, da Marguerite sich milde über ihn lustig macht und er sich beleidigt über diesen Spott blamiert. Dennoch folgt Armand ihr nach der Vorstellung unauffällig bis vor ihr Haus. Von diesem Zeitpunkt an entwickelt der junge Mann eine Obsession für Marguerite, der er häufig begegnet.

Eines Tages erfährt Armand, dass sie an Tuberkulose erkrankt ist, und er erkundigt sich regelmäßig bei Personen, die ihm Auskunft geben können, nach ihr. Als die Kameliendame nicht mehr aus seinen Gedanken verschwindet, beschließt Armand, sie erneut zu treffen. Eines Abends sah er sie im Théâtre des Variétés mit einer Dame in den Vierzigern, einer ehemaligen Kurtisane namens Prudence Duvernoy. Er spricht sie an und erfährt, dass sie die Nachbarin von Marguerite Gautier ist. Armand bittet sie, ihn mit Marguerite bekannt zu machen. Prudence stimmt zu und es wird vereinbart, dass er und sein Freund Gaston, der ihn an diesem Abend begleitet, gemeinsam zu Prudence gehen. An diesem Abend wird Marguerite Gautier von einem ihrer Verehrer, dem Grafen von G., besucht, der sie schrecklich langweilt. Sie bittet Prudence, sie in ihrem Haus zu treffen, und stimmt zu, dass sie mit ihren beiden Gästen kommt. So kommt es, dass Armand bei Marguerite Gautier landet. Nachdem er sich bei ihr durch seinen Witz ausgezeichnet hat, erzählt er ihr, dass er der geheimnisvolle junge Mann ist, der sich während ihrer Krankheit regelmäßig nach ihrem Befinden erkundigt hat. Im Laufe des Abends verführt er sie schließlich und gesteht ihr seine Gefühle. Die Kurtisane willigt ein, seine Geliebte zu werden und verabredet sich mit ihm für den nächsten Tag.

ARMAND UND MARGUERITE WERDEN ZU LIEBHABERN

Armand und Marguerite verbringen die ersten beiden Liebesnächte miteinander, aber der junge Mann kommt nicht gut damit zurecht, dass seine Geliebte offiziell mit einem Herzog liiert ist, der sie unterhält, und dass der Graf von G., ihr ehemaliger Liebhaber, sie immer noch eifrig umwirbt. Prudence, Marguerites Freundin und Vertraute, versucht, Armand zur Vernunft zu bringen: Die junge Frau ist eine Kurtisane, die sich reichen Freiern für Geschenke, materielle Vorteile und Geld anbietet. Prudence ist überzeugt, dass Armand nichts anderes als ein flüchtiges Abenteuer erwarten sollte, obwohl Armand und Marguerite verliebt sind. Doch Armand wird von Eifersucht geplagt und als er am dritten Abend merkt, dass Marguerite die Nacht mit dem Grafen von G. verbringt, beschließt er, Marguerite einen ironischen und diffamierenden Trennungsbrief zu schreiben, während er auf eine Antwort oder Reaktion von ihr hofft. Als Marguerite ihm schließlich nicht antwortet, beschließt Armand, getrieben von Stolz und Eifersucht, Paris zu verlassen und zu seinem Vater zurückzukehren. Doch so eifersüchtig er auch ist, er ist trotzdem unsterblich verliebt und schreibt durch Prudence einen Brief an Marguerite, in dem er sich bei ihr entschuldigt. Diese taucht bei ihm auf, kurz bevor Armand Paris verlässt. Armand wirft sich Marguerite zu Füßen, um sie um Verzeihung zu bitten. Als Armand ihr seine Eifersucht erklärt, antwortet Marguerite: „Nun, mein Freund, du hättest mich ein wenig weniger lieben oder ein bisschen mehr verstehen müssen" (S. 145). Schließlich verzeiht

Marguerite Armand seine Eifersucht, nachdem sie ihm die Pflichten einer Kurtisane genau erklärt und ihn an ihre Liebe zu ihm erinnert hat.

Von da an beschließt Armand, sein Leben und seine Sicht der Dinge zu ändern, um den skandalösen Lebenswandel seiner Geliebten akzeptieren zu können. Er wird von seiner Liebe verschlungen und hat große Schwierigkeiten, seine Eifersucht zu unterdrücken. Er beginnt, einen wilden Lebensstil zu führen, bei dem sich Verabredungen mit Partys und Glücksspielen abwechseln. Er schläft kaum noch und lebt nur noch für seine Leidenschaft mit Marguerite. Als das Paar einen Tag auf dem Land verbringt, sieht es ein Haus, das ihm gefällt. Marguerite beschließt, den Herzog, der sie „beschützt", zu bitten, das Haus zu mieten, unter dem Vorwand, dem unmoralischen Leben in Paris zu entfliehen.

Der Herzog willigt bereitwillig ein, das Haus in Bougival zu vermieten, da er darin eine Gelegenheit sieht, seinen Schützling vor einem ausschweifenden Leben zu bewahren. Für Marguerite ist dies jedoch nur eine List, um ihre Beziehung zu Armand freier ausleben zu können. Schließlich erfährt der Herzog von dem Skandal und verlässt Marguerite. Die Kameliendame muss auf den Luxus verzichten, an den sie ihr Leben als Kurtisane gewöhnt hatte. Sie bringt dieses Opfer aus Liebe zu Armand und verkauft heimlich ihren Schmuck und ihre Reichtümer, um die Schulden zu begleichen, die entstanden sind, nachdem der Herzog aufgehört hat, sie zu unterstützen. Trotz der Geldprobleme empfinden Armand und Marguerite eine aufrichtige Liebe zueinander und verbringen die schönsten Tage ihrer Liebe in Bougival. Schließlich versprechen sie sich eine treue Liebe und beschließen, nach Paris zurückzukehren, um sich dort gemeinsam niederzulassen.

ARMANDS VATER MISCHT SICH EIN

In dieser Zeit trifft Armands Vater in Paris ein. Er hat von der Beziehung seines Sohnes zu einer berühmten Kurtisane erfahren und will dies verhindern, um die Familienehre zu wahren. Zunächst versucht er, Armand davon abzubringen, aber ohne Erfolg. Als Armand eines Tages vom Haus seines Vaters zurückkehrt, findet er das Haus leer vor. Er macht sich auf die Suche nach Marguerite und erhält einen Brief von ihr, in dem sie ihm mitteilt, dass sie ihn betrügt und dass sie sich trennen müssen. Er ist vor Kummer am Boden zerstört und verlässt Paris, um zu seinem Vater zu reisen. Obwohl er sich wieder erholt hat, denkt er weiterhin an Marguerite und beschließt, nach Paris zurückzukehren. Dort begegnet er Marguerite erneut mit einer anderen schönen Frau und beschließt, sich zu rächen. Er verführt diese von Marguerite, Olympe, und zeigt sich öffentlich mit ihr. Seine Beziehung zu Olympe macht Marguerite sehr traurig. Schließlich besucht sie Armand und fordert ihn auf, sein grausames Spiel zu beenden. Der junge Mann erfährt daraufhin, dass Marguerite wieder schwer krank geworden ist. Sie verbringen eine Liebesnacht miteinander, nach der Marguerite Armand verspricht, dass sie immer seine Geliebte sein kann, aber nicht seine Gefährtin. Am nächsten Tag versucht

Armand, Marguerite wiederzusehen, aber sie ist mit dem Grafen von G. Er ist wütend, schreibt ihr einen beleidigenden Brief und reist nach Ägypten.

MARGUERITES AGONIE

Der Rest der Geschichte wird nicht von Armand erzählt. Alexandre Dumas fils berichtet uns, dass er einschläft, nachdem er dem Erzähler die Tagebücher anvertraut hat, die Marguerite nach ihrer Abreise geschrieben hat und die ihr nach ihrem Tod anvertraut wurden. In diesen Tagebüchern vertraut sich Marguerite Armand an. Sie gesteht ihm den Grund für ihre Trennung: Sie hatte Besuch von ihrem Vater erhalten, der sie davon überzeugt hatte, ihn zum Wohle ihrer Familie zu verlassen. Dass Armand eine Liebesbeziehung zu einer Kurtisane unterhielt, gefährdete die Ehre seiner Familie und hinderte seine Schwester daran, einen Ehemann zu finden. Letztendlich war es die Liebe zu Armand, die Marguerite dazu brachte, ihn zu verlassen. Im weiteren Verlauf des Tagebuchs beschreibt sie ihren Todeskampf und ihre Zweifel: Sie leidet und ist einsam, fragt sich, wo ihr Geliebter ist, und wünscht sich seine Rückkehr, die ihrer Meinung nach ihre Genesung erleichtern würde. Vor allem hofft sie, dass der junge Mann ihr das Leid, das sie ihm zugefügt hat, verzeihen wird. Schließlich stirbt Marguerite, ohne Armand noch einmal in Ägypten gesehen zu haben.

ARMAND DUVAL

Als leidenschaftlicher und emotionaler Mann ist Armand Duval neben Marguerite Gautier die Hauptfigur in dieser Geschichte. Im Roman ist er der Freund von Alexandre Dumas Sohn und der Liebhaber des jungen Mädchens. Er wird als ein junger Mann in den Zwanzigern beschrieben, groß, blass und mit blonden Haaren. Man vermutet, dass er umgänglich genug war, um die Aufmerksamkeit von Marguerite Gautier, der Kameliendame, auf sich zu ziehen. Als er Alexandre Dumas junior kennenlernte und um seine große Liebe trauerte, war Armand buchstäblich krank vor Kummer: Er hatte Fieber, weinte unaufhörlich und fiel mehrmals in Ohnmacht. Er stammt aus einer bürgerlichen Familie in der Provinz und wurde von seinem Vater nach Paris geschickt, um eine Ausbildung zum Anwalt oder Arzt zu absolvieren. Er lebt von dem Erbe seiner verstorbenen Mutter und einer Pension, die ihm sein Vater zahlt. In Paris gab er sich dem gesellschaftlichen Leben hin, besuchte Theater und Opernhäuser, wo er Marguerite Gautier kennenlernte. Es ist seine unbändige Liebe und seine aufrichtige Sorge um die Gesundheit und das Glück der jungen Frau, die sie verführt. Armand ist sich bewusst, dass er sich in eine Kurtisane mit einer schmutzigen Vergangenheit verliebt, die noch mit anderen Liebhabern verkehrt.

Dennoch kann er sich nicht mit diesem Gedanken anfreunden und kann nicht anders, als eine schreckliche Eifersucht zu entwickeln. Diese Eifersucht, die er nie ganz loswird, lässt ihn sehr leiden und bildet den Hintergrund für seine Beziehung zu Marguerite, deren Stabilität sie immer wieder bedroht. Eifersucht bringt ihn dazu, Marguerite ein erstes Mal zu verlassen, und lässt ihn zweifeln, als Marguerite ihr Leben als Kurtisane für ihn aufgeben will. Schließlich sind es Eifersucht und Stolz, die ihn dazu bringen, Marguerite leiden zu lassen, die nicht die Kraft findet, sowohl die Krankheit als auch die Traurigkeit zu bekämpfen, und schließlich erliegt.

Armand ist auch ein liebevoller und loyaler Sohn. Als sein Vater sich gegen seine Beziehung zu Marguerite stellen will, wird Armand von Zweifeln geplagt. Schließlich flüchtet er zu seinem Vater, als er Opfer von dessen List wird, um ihn von Marguerite zu trennen.

MARGUERITE GAUTIER

Marguerite wird als eine Frau von außergewöhnlicher Schönheit beschrieben. Sie ist groß und schlank und hat langes schwarzes Haar. Da Marguerites Schönheit eines der Schlüsselelemente des Romans ist, sollte man es vielleicht dem Autor überlassen, ihr Gesicht mit dem für ihn typischen Talent zu beschreiben:

> *„In ein Oval von unbeschreiblicher Anmut setzen Sie schwarze Augen mit Augenbrauen, deren Bogen so rein ist, dass er wie gemalt aussieht; verschleiern Sie die Augen mit großen Wimpern, die, wenn sie sich senken, Schatten auf die rosafarbenen Wangen werfen; zeichnen Sie eine feine, gerade, geistreiche Nase, deren Nasenlöcher durch ein glühendes*

Marguerite ist eine Kurtisane, eine „gepflegte Frau". Zu dieser Zeit lebten einige Frauen in den gesellschaftlichen Kreisen von Paris in Kontakt mit der High Society, aus der sie sich Liebhaber holten. Sie tauschten ihre Grazie gegen materielle Vorteile ein: Geschenke, aber auch Geld. Dabei handelte es sich nicht um Prostitution, wie man es heute oft hört: Diese Frauen wählten ihre Liebhaber frei aus und stellten keine Rechnungen für sexuelle Leistungen aus. Es handelte sich vielmehr um interessierte Liebesbeziehungen. In diesem Roman ist Marguerite die begehrteste Kurtisane von Paris. Sie wird als Kameliendame bezeichnet, da sie stets mit diesen Blumen geschmückt ist. Sie unterscheidet sich von den anderen Kurtisanen ihrer Zeit durch ihre Großherzigkeit und ihren Adel. Im Laufe des Romans verliebt sich Marguerite in Armand Duval. Sie beschließt daraufhin, ihr Leben als Kurtisane aufzugeben und ihr Vermögen und ihre Zukunft für Armand zu opfern. Damit offenbart sie eine Loyalität und Willensstärke, die niemand bei einer Kurtisane vermutet hätte. Leider verfolgt sie der Ruf einer Kurtisane bis heute. Der soziale Druck der damaligen Zeit behindert ihre Liebe zu Armand. Als Armands Vater ihr erklärt, dass Marguerite aufgrund ihres Status als Kurtisane Armand nur schaden kann, wenn sie ihn liebt, lässt sich Marguerite überzeugen. Daraufhin bringt sie das höchste Opfer, das sie Armands Liebe und ihr Leben kosten wird: Sie beschließt, ihre

Liebe zu Armand aufzugeben und zu ihrem Leben als Kurtisane zurückzukehren. Sie erkrankt und stirbt in bitterer Einsamkeit an Tuberkulose.

PRUDENCE DUVERNOY

Prudence ist Marguerites Nachbarin und Freundin. Sie ist eine Frau in den Vierzigern, eine ehemalige Kurtisane, die ihre Reize verloren hat. Zum Zeitpunkt der Erzählung arbeitet sie als Modistin, kann aber nicht viele ihrer Artikel verkaufen. Tatsächlich lebt sie auf Kosten von Marguerite Gautier. Marguerite „leiht" ihr Geld, das sie nie zurückfordert, sie kauft ihr Hüte, die sie nie trägt, und gibt ihr Geschenke von ihren Liebhabern, die sie nicht interessieren. Prudence ist auch Marguerites Vertraute und es ist ihr zu verdanken, dass Armand Duval Marguerite Gautier kennenlernt und verführt. Trotz Marguerites Großzügigkeit gegenüber Prudence verlässt diese sie, als Marguerite sie am meisten braucht. Prudence hört auf, Marguerite zu sehen, als diese im Sterben liegt, von Schulden geplagt und mittellos. Es gibt keine körperliche Beschreibung von Prudence, auch wenn wir wissen, dass sie „dick" ist (S. 77). Prudence ist, wie die anderen Nebenfiguren des Romans, ein wenig entwickelter Charakter. Mit ihren moralisierenden Reden über die Unmöglichkeit, eine Kurtisane zu lieben, und ihrer interessierten Freundschaft dient sie vor allem dazu, die Seelengröße, die selbstlose Großzügigkeit und den liebevollen Charakter von Marguerite Gautier hervorzuheben.

M.DUVAL

Monsieur Duval ist der Vater von Armand. Er kommt nach Paris, sobald er von der Liebesbeziehung seines Sohnes zu einer berühmten Kurtisane erfährt. Er wird alles tun, um sich dieser Beziehung zu widersetzen und die Ehre seiner Familie zu wahren. Tatsächlich will er seine Tochter verheiraten und die Familie des Bräutigams weigert sich, der Heirat zuzustimmen, da sie weiß, dass der Bruder der Braut eine skandalöse Beziehung zu einer ausgehaltenen Frau unterhält. Schließlich überredet er Marguerite, Armand zu verlassen, ohne dass dieser von der Intrige weiß. Es wird keine physische Beschreibung von ihm gegeben, und die Figur wird im Roman nur wenig entwickelt. Monsieur Duval ist die Verkörperung der bürgerlichen Moral der damaligen Zeit. Durch ihn wird die Berufung der Kurtisanen zur Liebe und zum Glück im Namen der moralischen Werte der damaligen Zeit abgelehnt. Schließlich ist er es, der entscheidet, dass eine Frau mit einer zu skandalösen Vergangenheit nicht das Glück einer wahren Liebe erleben kann.

OLYMPE

Olympe ist eine Kurtisane. Eine wunderschöne junge Frau mit blauen Augen, blond und schlank. Armand verführt sie, um Marguerite leiden zu lassen. Olympe hat einen eitlen und interessierten Charakter. Sie versteht, dass Armand sie verführt, um Marguerite leiden zu lassen, und verdoppelt ihre Boshaftigkeit gegenüber Marguerite, um Armand zu gefallen. Im Gegensatz dazu hebt Olympe, die wie Marguerite eine Kurtisane ist, deren edle und gütige Seite hervor.

SCHLÜSSEL ZUM LESEN

DIE WAHRE GESCHICHTE VON MARIE DUPLESSIS

Die Kameliendame ist ein Roman. Dennoch bezieht er sich auf reale Personen und eine wahre Geschichte. Der Autor kündigt dies zu Beginn des Romans an:

> *„Da ich noch nicht in dem Alter bin, in dem man erfindet, begnüge ich mich damit, zu erzählen. Ich fordere daher den Leser auf, von der Realität dieser Geschichte überzeugt zu sein, in der alle Figuren, mit Ausnahme der Heldin, noch leben"* (S. 17).

Marguerite Gautier ist in Wirklichkeit der Avatar einer Kurtisane, die tatsächlich existiert hat, Marie Duplessis. Alexandre Dumas fils, der Autor dieses Buches, war ihr Geliebter. *Die Kameliendame* erzählt von Alexandre Dumas' Sohns Liebe zu Marie Duplessis, aber nicht alle Ereignisse im Roman stimmen mit der tatsächlichen Liebesgeschichte überein. Beispielsweise haben Alexandre Dumas junior und Marie Duplessis nie eine idyllische Liebe in Bougival erlebt, wie Armand und Marguerite im Roman. Tatsächlich war die Liebesgeschichte zwischen Alexandre Dumas fils und Marie Duplessis weit weniger glorreich als die im Roman beschriebene, wenn man den Kommentatoren Glauben schenkt. Wie im Roman trifft Alexandre Dumas junior Marie Duplessis zum ersten Mal am Place de la Bourse, wo er von ihrer Schönheit beeindruckt ist. Einige Jahre später, 1844, spricht er sie im Théâtre des Variétés an. Ihre Beziehung endete 1845 nach einem Streit. Alexandre Dumas fils schrieb ihr daraufhin einen Brief: „Meine liebe Marie, ich bin nicht reich genug, um Sie zu lieben, wie ich es möchte, und auch nicht arm genug, um geliebt zu werden, wie Sie es möchten. Lassen Sie uns also beide vergessen, Sie einen Namen, der Ihnen gleichgültig sein muss, ich ein Glück, das mir unmöglich wird". Alexandre Dumas fils gibt diesen Brief unverändert im Roman wieder, als Armand zum ersten Mal mit Marguerite bricht (S. 134).

Aufgrund dieses Briefes wurde Marie Duplessis die Geliebte des ungarischen Komponisten und Pianisten Franz Liszt. Wie Marguerite starb auch sie an Tuberkulose, und zwar im Februar 1847 in Paris, während Alexandre Dumas fils sich auf einer Reise nach Marseille befand. Letzterer schrieb *La Dame aux camélias* (*Die Kameliendame*) innerhalb eines Monats. Das Buch erschien 1848. Auch Armands Vater entspricht nicht dem Vater von Alexandre Dumas Sohn, da Alexandre Dumas für sein ausschweifendes Leben und seine lockeren Sitten bekannt war.

In dem Roman spaltet sich Alexandre Dumas fils: Er wird zum Gesprächspartner seiner Figur Armand Duval, die jedoch den Autor auf die gleiche Weise verkörpert wie Marguerite Gautier Marie Duplessis. In diesem Zusammenhang ist zu erwähnen, dass die Figur Armand Duval und sein Autor die gleichen Initialen haben: A.D., was beweist, dass Alexandre Dumas junior sich des literarischen Verfahrens, das er anwandte, sehr wohl bewusst war.

REALISMUS UND SOZIALKRITIK

Ein realistischer Roman

Die Kameliendame wird oft als Vorläufer des realistischen Romans angesehen. Tatsächlich datiert man das Aufkommen des Realismus in der Literatur gewöhnlich ab 1850, nach dem Staatsstreich von Napoleon III. Diese literarische Strömung setzte sich zum Ziel, die soziale Realität der damaligen Zeit und die Individuen zu beschreiben: Sie sollte eine möglichst getreue Wiedergabe der Realität sein. Fiktionale und heroische Themen werden zugunsten der sozialen Beschreibung aufgegeben: Der Realismus thematisiert die Arbeit, die wachsende Bedeutung des Geldes in der Gesellschaft des 19^e Jahrhunderts sowie die Liebesbeziehungen. Da der realistische Roman die Realität beschreibt, hat er auch eine philosophische Zielsetzung. Tatsächlich werden wir weiter unten sehen, dass das Werk von Alexandre Dumas fils eine moralisierende Funktion in sich trägt. Zu den wichtigsten Autoren dieser Strömung gehören Honoré de Balzac (1799-1850), Gustave Flaubert (1821-1880) und George Sand (1804-1876), eine enge Freundin von Alexandre Dumas fils. Aus dieser Strömung wird später der Naturalismus hervorgehen, dessen führender Vertreter Émile Zola (1840-1902) die Lage der Arbeiterklasse seiner Zeit beschreibt. Schließlich ist anzumerken, dass diese literarischen Strömungen einen großen Einfluss auf die Ideengeschichte hatten, da sie den Weg für die Entstehung der französischen Soziologie ebneten, die von Émile Durkheim (französischer

Soziologe, 1858-1917) Ende des 19e Jahrhunderts begrün-
det wurde. *Die Kameliendame* entspricht einigen Kriterien
der realistischen Strömung, da die Autorin eine genaue
Beschreibung des mondänen Milieus in Paris und der
Lebensbedingungen der Kurtisanen liefert.

 ## HISTORISCHER HINTERGRUND

Die Kameliendame erschien zu einer turbulenten Zeit in
der französischen Geschichte: Bis 1848 lebte Frankreich
unter der Monarchie von König Louis-Philippe. Am 23.
Februar 1848 (dem Jahr, in dem der Roman erschien,
ein Jahr nach dem Tod von Marie Duplessis) wurde
durch eine Revolution die zweite Republik errichtet.
Diese währte jedoch nicht lange, da am 2. Dezember
1851 Napoleon III. durch einen Staatsstreich die Macht
übernahm und das zweite Kaiserreich errichtete.

Eine soziale Kritik

In *Die Kameliendame* beschreibt Alexandre Dumas Sohn
noch mehr als nur das Leben der Kurtisanen und das
bürgerliche Milieu seiner Zeit. Es gibt eine echte
Gesellschaftskritik, die sich durch das gesamte Buch
zieht. In erster Linie prangert der Autor die bürgerliche
Heuchelei gegenüber den ausgehaltenen Frauen an. Er
tut dies zu Beginn des Buches, indem er sich über die
Neugier der ehrbaren Frauen lustig macht, die den Tod
von Marguerite Gautier und die Versteigerung ihres
Besitzes nutzen, um ihr Inneres zu besichtigen und
mehr über die Kurtisanen zu erfahren, mit denen sie

täglich in Theatern und Opernhäusern zu tun hatten: „Diejenige, bei der ich mich befand, war tot; die tugendhaftesten Frauen konnten also bis in ihr Zimmer vordringen" (S21). Später setzt der Autor seine Kritik anhand der Friedhofsszene fort: Er unterhält sich mit dem Gärtner, der ihm erklärt, dass sich bürgerliche Familien, die erfahren hatten, dass Marguerite Gautier neben ihren Vorfahren begraben war, beschwert und die Umbettung der Leiche verlangt hatten. Der Gärtner versäumt es nicht, den Erzähler darauf hinzuweisen, dass diese Familien niemals die Gräber ihrer Angehörigen besuchen und sie auch nicht pflegen. Anhand dieser Anekdote wird die Heuchelei der bürgerlichen Werte angeprangert. Die gesamte Geschichte von Marguerite Gautier im Roman dient auch dazu, das Bild der Kurtisane zu rehabilitieren: Marguerite Gautier zeigt eine moralische Stärke und eine Großzügigkeit der Seele, die allen Personen in ihrer Umgebung fehlt: den anderen Kurtisanen natürlich, aber auch und vor allem den Grafen, Herzögen, Adligen und Reichen, die ihre Liebhaber sind, Herrn Duval, dem Vater von Armand, und ihren Freunden. In *Die Kameliendame* hat die Kurtisane mehr Tugenden als die Adligen, die sich den Genuss ihrer Schönheit erkaufen, bevor sie alt wird und wie Prudence Duvernoy ihrem Schicksal überlassen wird. Marguerite Gautier, sosehr sie auch eine Kurtisane ist, ist zu einer tiefen und vollkommenen Liebe fähig. Mehr noch, sie sehnt sich nach Glück: zunächst nach ihrem eigenen, aber auch nach dem von Armand und sogar nach dem von Monsieur Duval und seiner Tochter, die sie nicht kennt. Dieses Glück wird ihr jedoch im

Namen der bürgerlichen Moralvorstellungen von Ehrbarkeit verwehrt. Armand selbst tut sich aufgrund seiner schmutzigen Vergangenheit schwer, sie zu verstehen und zu lieben.

DIE REZEPTION UND DIE WIRKUNG DES WERKS

Die Kameliendame war bei ihrem Erscheinen ein echter Erfolg und *hatte eine* große Wirkung. Alexandre Dumas fils ließ es sofort für das Theater adaptieren, aber es wurde zunächst zensiert, da es als unmoralisch galt. Schließlich wurde sie 1852 zum ersten Mal im Vaudeville-Theater aufgeführt, was einem Ministerwechsel zu verdanken war. Sie war ein phänomenaler Erfolg und stellte das Buch sogar in den Schatten. Am Abend der Uraufführung war der italienische Komponist Giuseppe Verdi (1813-1901) anwesend. *Die Kameliendame* hatte ihn stark inspiriert, als er ebenfalls eine als skandalös empfundene Liebe lebte, gegen die sein Vater vorzugehen versuchte. Verdi ließ sich von der *Kameliendame* inspirieren und komponierte 1853 seine berühmte Oper *La Traviata. In der* Folgezeit wurde der Roman sehr häufig in verschiedenen Kunstformen verfilmt. Mindestens 15 Filme basieren mehr oder weniger direkt auf dem Werk, angefangen bei der ersten Verfilmung durch Viggo Larsen im Jahr 1907 bis heute (der Film *Moulin Rouge* von Baz Luhrman aus dem Jahr 2001 basiert auf dem Roman). Auch das Theaterstück wurde mehrfach neu adaptiert und mehrere Ballettstücke wurden nach dem Roman geschaffen. Die Figur der Marguerite Gautier hatte eine weltweite Wirkung, da sie sogar einige argentinische Tangos wie *Margarita Gautier* oder *Margo* inspirierte.

Trotz der großen Wirkung des Buches und der begeisterten Aufnahme zum Zeitpunkt seines Erscheinens *wurde der Autor von Die Kameliendame von* seinen Zeitgenossen oft kritisiert. In einer Zeit, in der die realistische Strömung vorherrschte, warfen ihm viele Schriftsteller seine ausgeprägte Vorliebe für Bonmots, Witz und Stilfiguren vor. So schrieb Rémy de Gourmont (französischer Schriftsteller, 1858-1915) 1896: «Alexandre Dumas fils n'est pas un grand écrivain» (S. 270). Émile Zola kommentierte seinerseits 1876: «Je n'aime guère le talent de M. Alexandre Dumas fils. Er ist ein extrem überbewerteter Schriftsteller, mit einem mittelmäßigen Stil und einer durch die seltsamsten Theorien verkleinerten Konzeption. Ich glaube, die Nachwelt wird ihm hart zusetzen» (*Œuvres complètes*, Bd. XII, S. 627). Angesichts der sehr zahlreichen Adaptionen von „*Die Kameliendame*" muss man feststellen, dass Emile Zola sich in diesem Punkt geirrt hat. Es ist anzunehmen, dass einige dieser Kritiken nicht nur aus literarischen Gründen erfolgten. So erklärte Léon Bloy (französischer Romancier und Essayist, 1846-1917): „Ce mulâtre ... fut un sot et un hypocrite" (S. 270). Diese offen rassistische Bemerkung (*mulâtre* ist ein aus „mule" (Maultier) gebildetes Wort, das während der Kolonialzeit Mischlinge bezeichnete) verweist auf die Herkunft von Alexandre Dumas junior. Wie sein Vater war er der Nachkomme einer Sklavin aus Saint-Domingue (dem heutigen Haiti, einer ehemaligen französischen Kolonie), die von ihrem Herrn ein Kind bekommen hatte.

DENKANSTÖSSE

EINIGE FRAGEN, UM IHRE ÜBERLEGUNGEN ZU VERTIEFEN...

- Warum kann man sagen, dass *Die Kameliendame* der realistischen Strömung zuzuordnen ist?

- Inwiefern ergreift der Autor Partei für die Kurtisanen seiner Zeit?

- Was motivierte Armand, sich mehrmals von Marguerite Gautier zu trennen?

- Was motivierte Marguerite Gautier, Armand zu verlassen?

- Warum unterscheidet sich Marguerite Gautier von anderen Kurtisanen?

- Was sagt uns die Figur der Prudence Duvernoy über die Lebensbedingungen von Kurtisanen?

- Hat Armand Unrecht, wenn er eifersüchtig ist?

- Was erfahren wir aus dem Roman über das Leben in Paris in der Mitte des 19e Jahrhunderts?

WEITERFÜHRENDE INFORMATIONEN

REFERENZAUSGABE

DUMAS A. fils, *La Dame aux camélias (Die Kameliendame)*, Le Livre de poche (Taschenbuch), 1975.

REFERENZSTUDIEN

LIVIO, A. *Vorwort und Kommentare* (in der Referenzausgabe enthalten) Le Livre de poche, 1975.

ZUSÄTZLICHE QUELLEN

PRÉVOST, A.F. *Manon Lescaut*, 1731

ANPASSUNGEN

VERDI, G. *La Traviata.* 1853, Oper.

DUMAS, A. *Die Kameliendame*, 1852, Theaterstück.

DE CECCATTY, R. *La Dame aux camélias*, 2000, Theaterstück.

LARSEN, V. *La Dame aux camélias (Die Kameliendame)*, 1907, Kino.

CUKOR, G. *Der Roman von Marguerite Gautier*, 1936, Kino.

SAUGET, H. *La Dame aux camélias (Die Kameliendame)*, 1957, Ballett.

LEFEBRE, J. *La Dame aux camélias (Die Kameliendame)*, 1980, Ballett.

Deine Meinung ist uns wichtig!
Hinterlasse doch einen Kommentar auf der Seite
unserer Online-Buchhandlung
und teile Deine Favoriten in den sozialen Netzwerken!

derQuerleser.de

Literatur auf den Punkt gebracht!

ISBN digitale Ausgabe: 9782808686860
ISBN gedruckte Ausgabe: 9782808698269
Pflichtexemplar: D/2023/12603/1106

Cover: © Plurilingua
Logo: © Graphicrepublic (Freepik.com) und Plurilingua

Digitale Aufbereitung: Primento, der digitale Partner der Herausgeber.